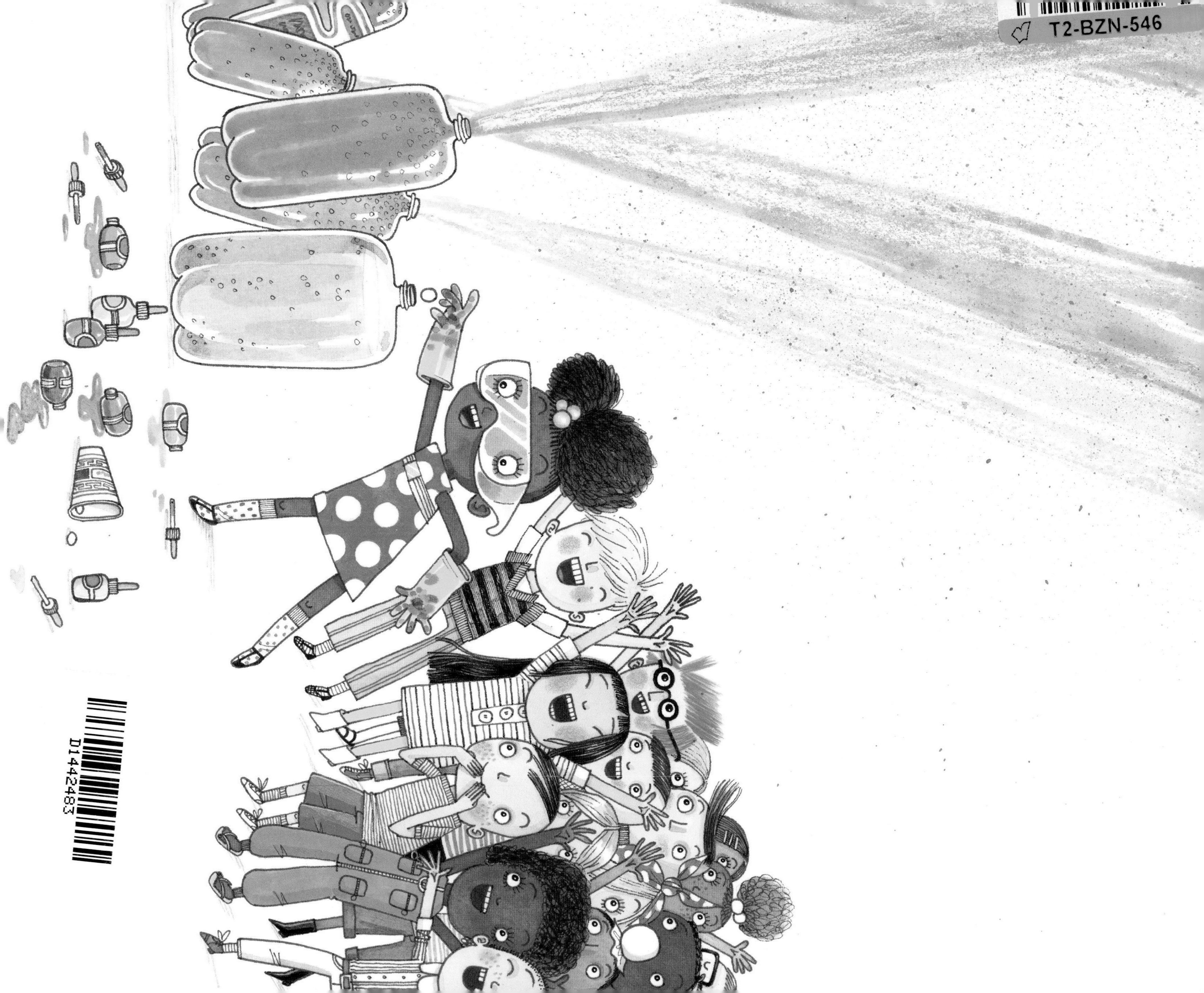

Título original: *Ada Twist, Scientist*
Primera edición: febrero de 2018

Copyright © 2016 Andrea Beaty.
© 2016, David Roberts, por las ilustraciones
Publicado originariamente en lengua inglesa en 2016 por Abrams Books for Young Readers,
un sello de ABRAMS.
Harry N. Abrams, Incorporated, Nueva York
Todos los derechos reservados por Harry N. Abrams, Inc.
© 2018, de la presente edición en castellano:
Penguin Random House Grupo Editorial, S.A.U.
Travessera de Gràcia, 47–49. 08021 Barcelona
© 2018, María Serna Aguirre, por la traducción
Realización editorial: Araceli Ramos

ISBN: 978-84-488-4966-5
Depósito legal: B-23056-2017

Impreso en Soler Talleres Gráficos
Esplugues de Llobregat (Barcelona)

BE49665

Penguin
Random House
Grupo Editorial

Andrea Beaty
Ilustraciones de David Roberts

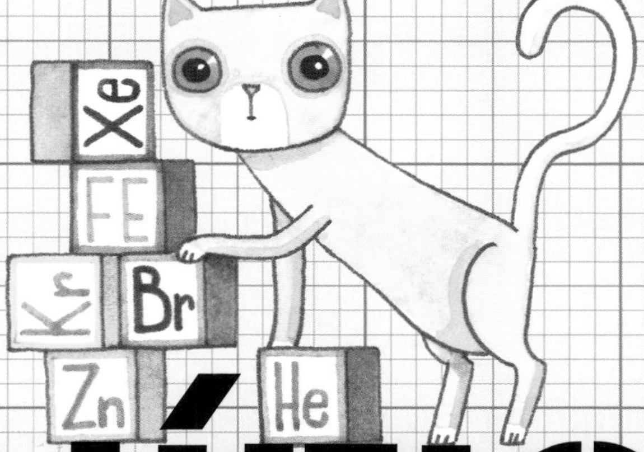
Xe
FE
Kr
Br
Zn
He

ADA MAGNÍFICA, CIENTÍFICA

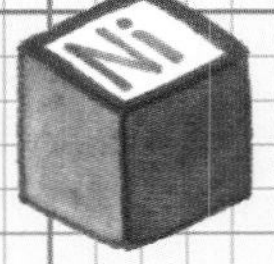
Ni

Beascoa

¡ADA MARIE! ¡ADA!

Hasta los tres años no dijo nada.

Se mecía en la cuna, miraba y remiraba

con los ojos abiertos y la boca cerrada.

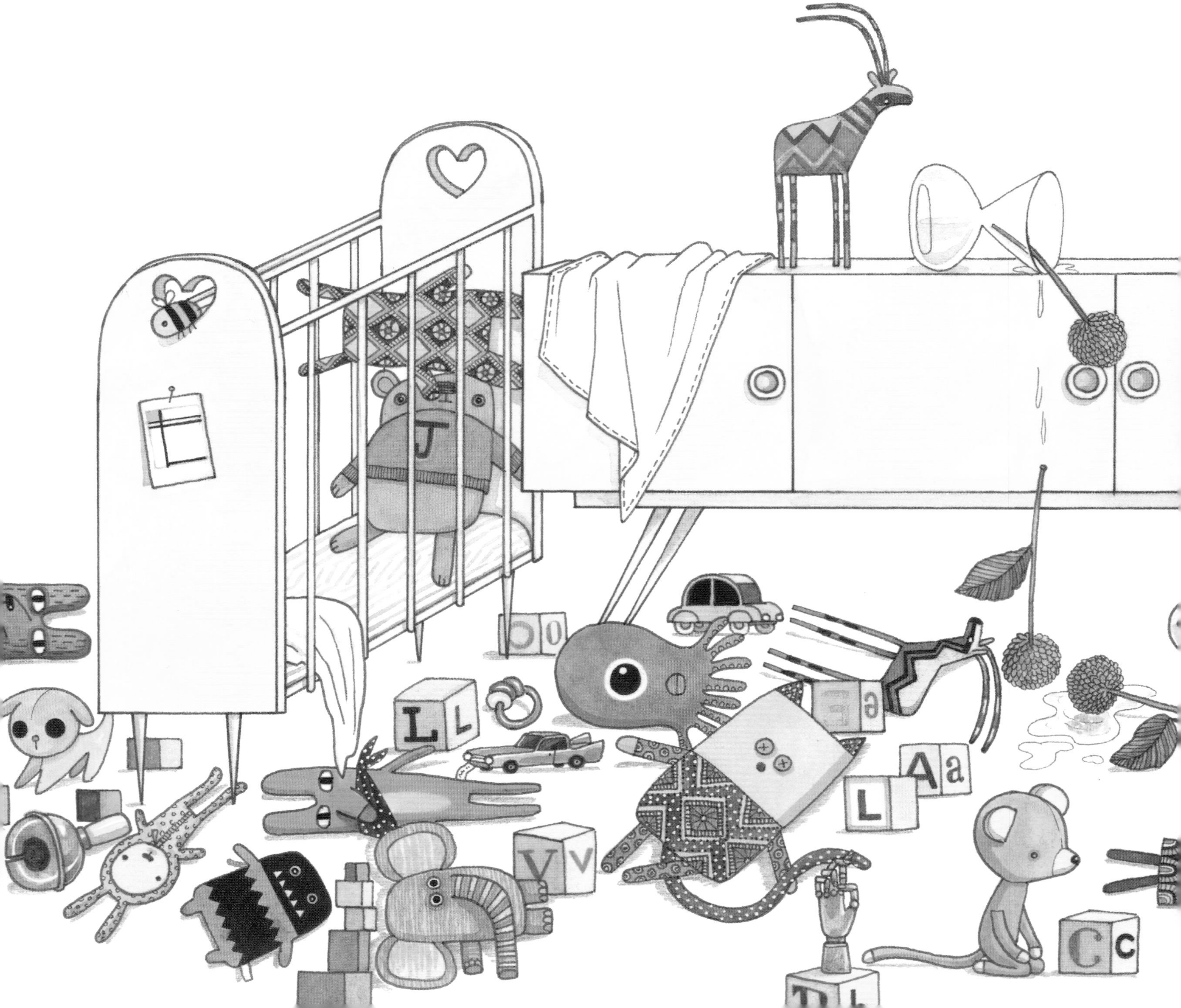

J
L L
L
A a
V v
C c

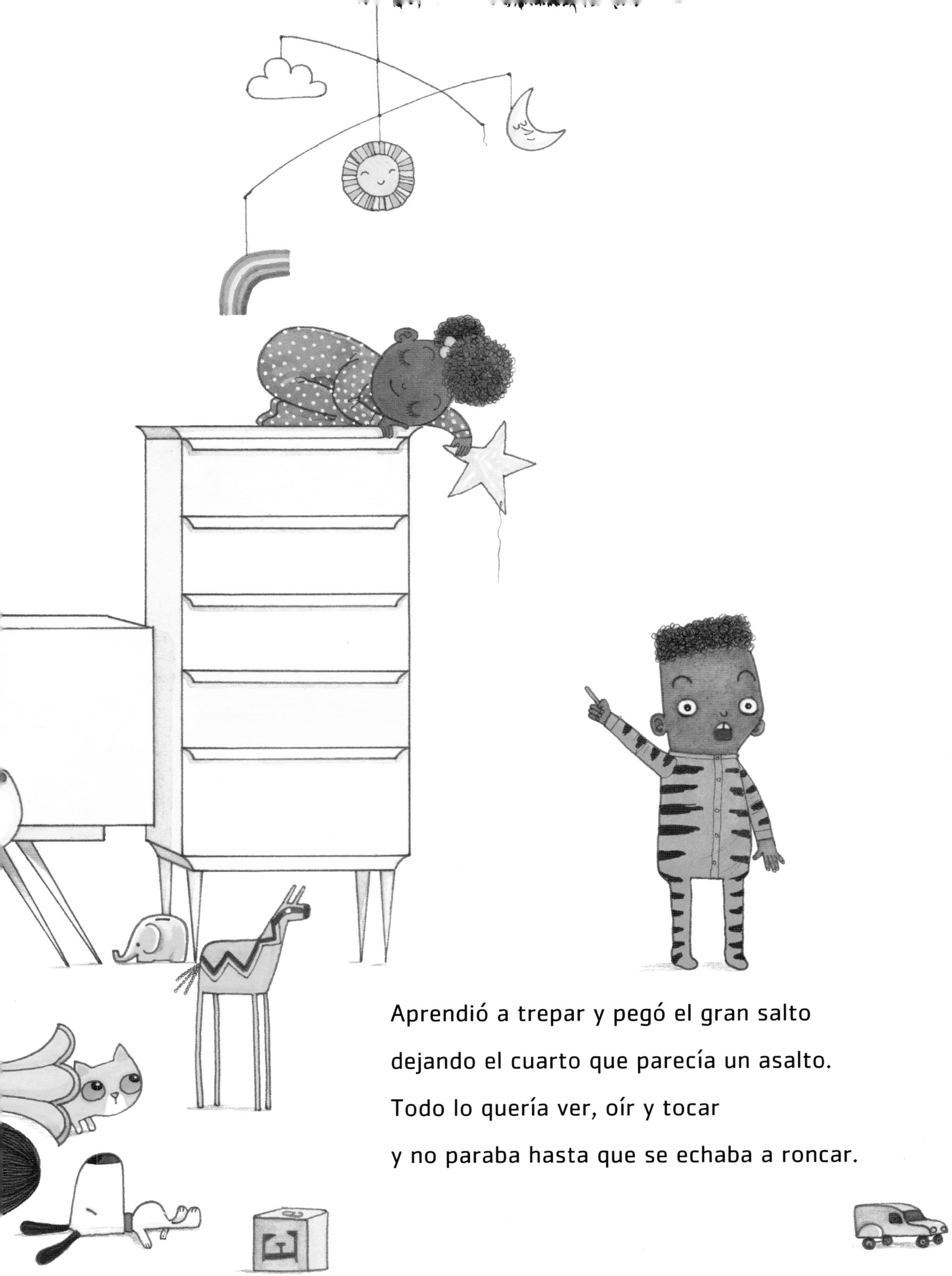

Aprendió a trepar y pegó el gran salto
dejando el cuarto que parecía un asalto.
Todo lo quería ver, oír y tocar
y no paraba hasta que se echaba a roncar.

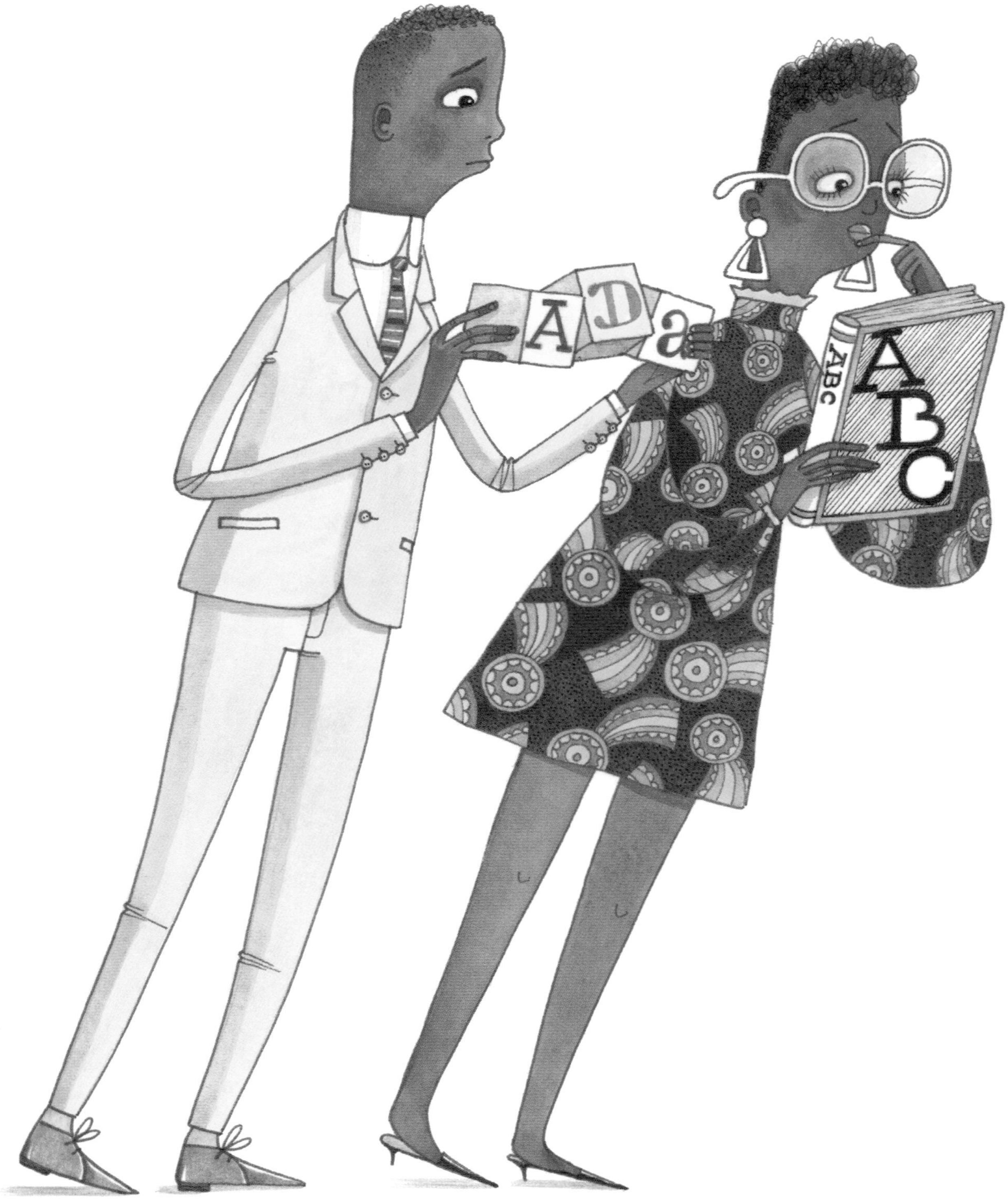
A D a
ABC
ABC

Pero Ada crecía y seguía sin hablar

y sus padres se empezaban a preocupar.

Ella estaba inmersa en su pensamiento

y no hablaría hasta que llegase el momento.

La cosa ocurrió cuando cumplió tres años.
Inspeccionó la casa sin causar grandes daños
y se subió al reloj lo más alto que pudo.

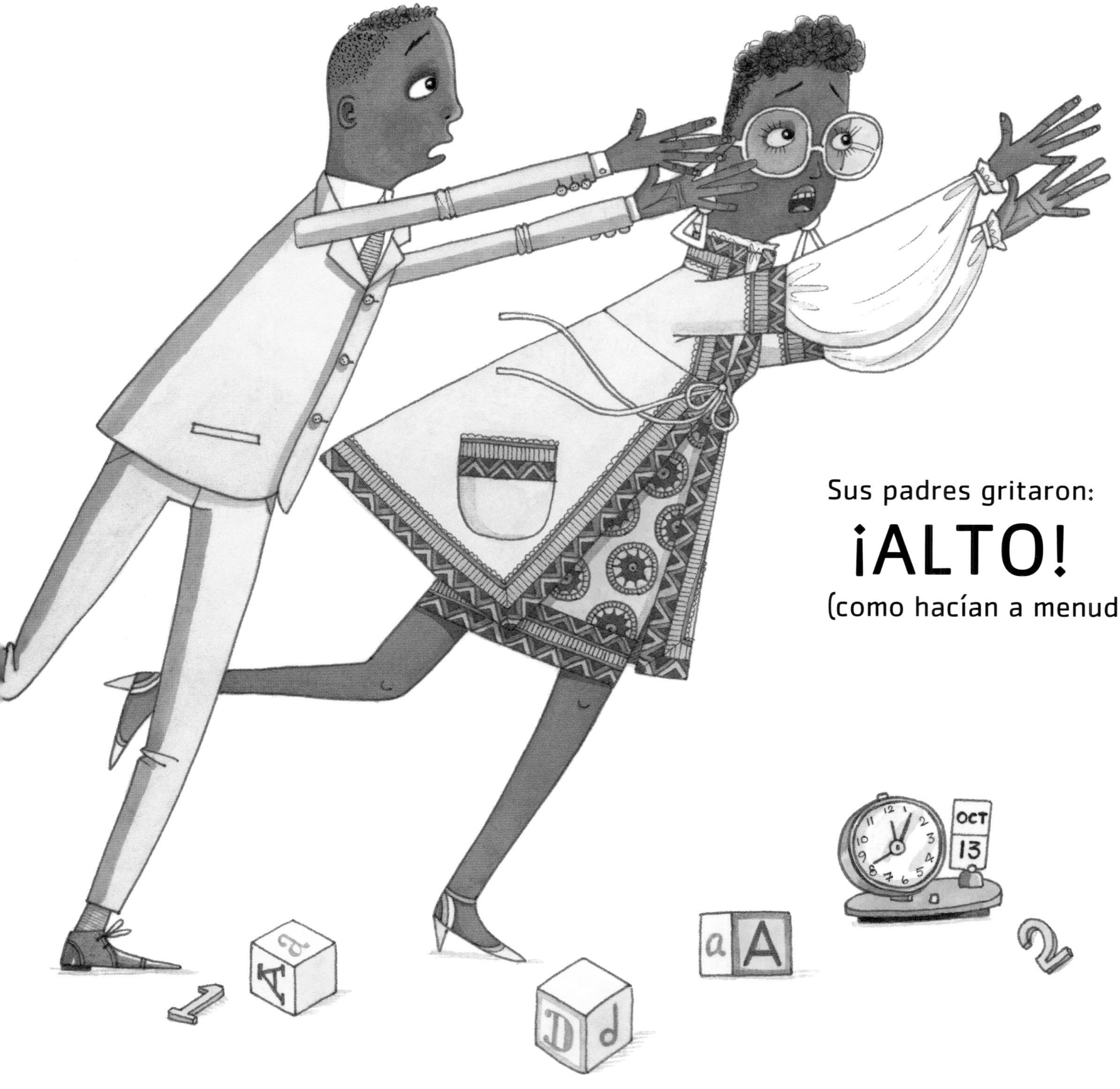
OCT
13

Sus padres gritaron:

¡ALTO!

(como hacían a menudo)

La barbilla de Ada tembló,

pero llorar, no lloró.

Inspiró profundamente

y solo preguntó:

¿Por qué?

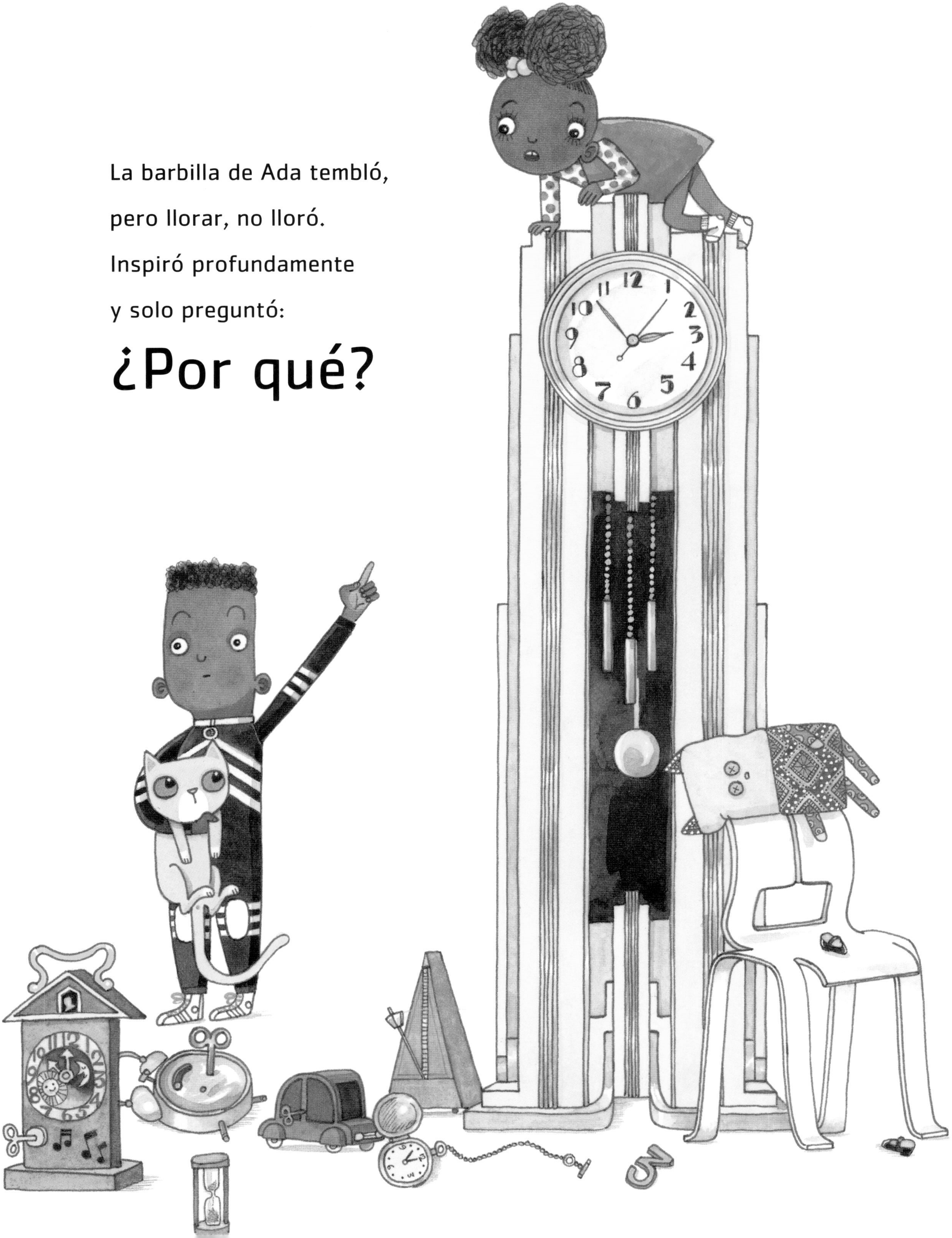

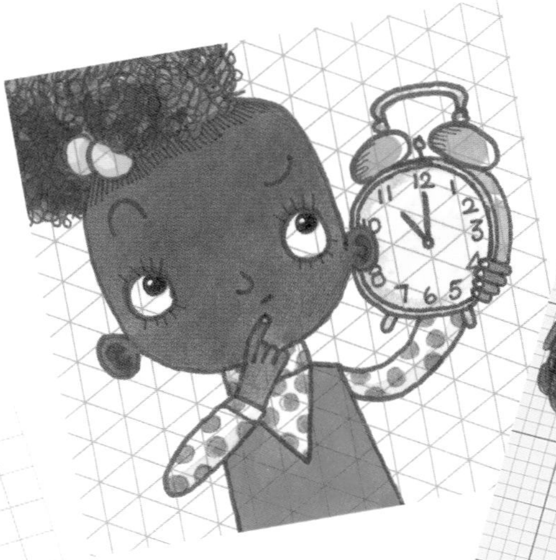

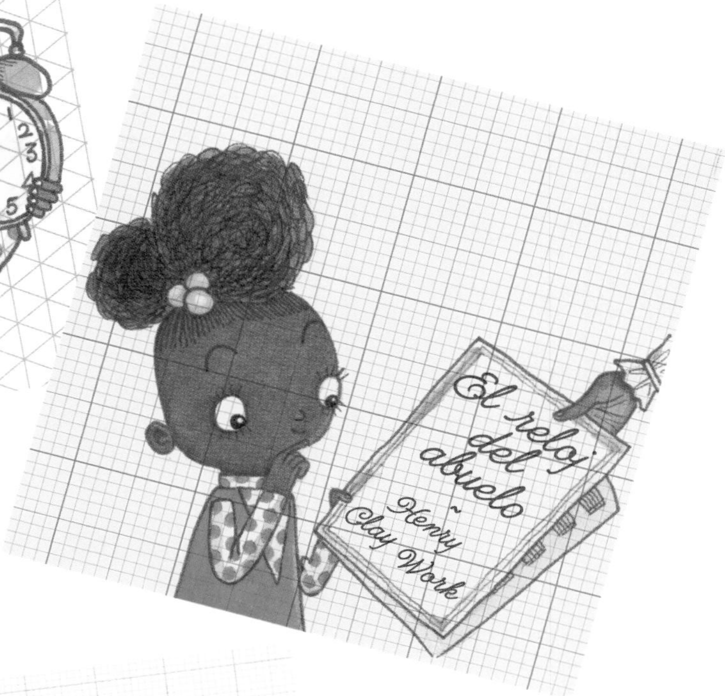
El reloj del abuelo
Henry Clay Work

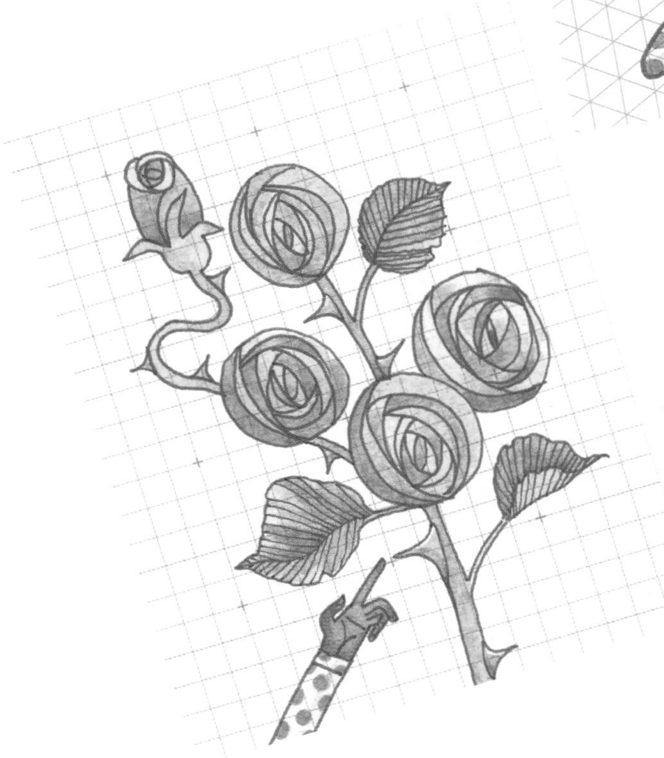

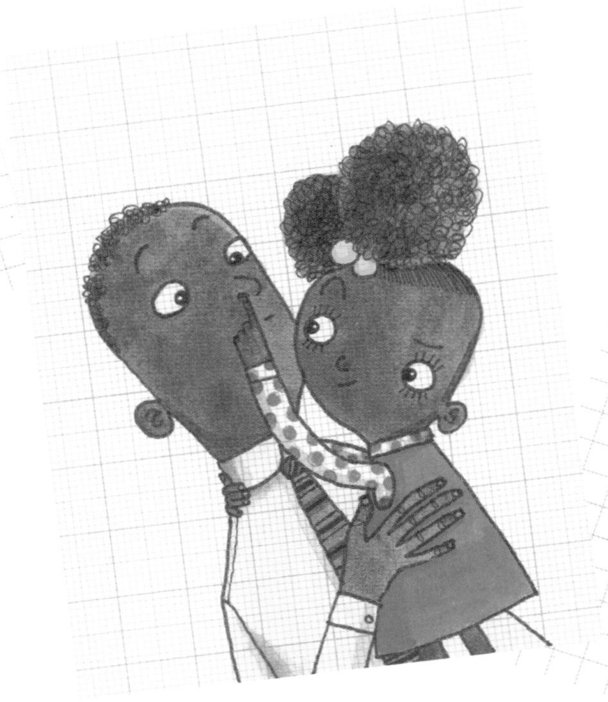

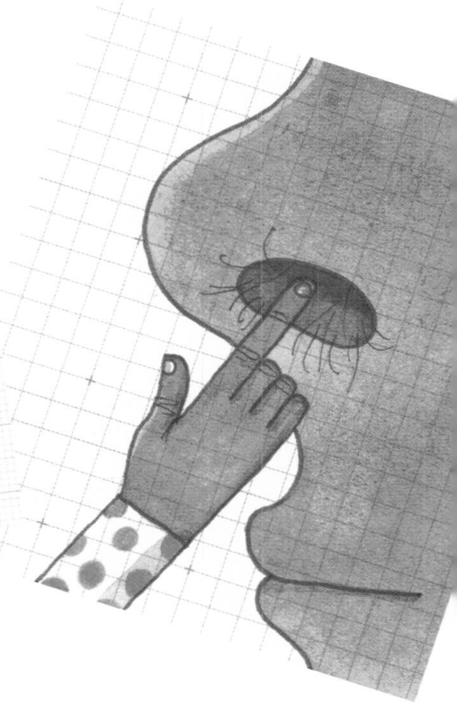

«¿Por qué hace tac y por qué hace tic?».

«¿Por qué tienes pelos en la nariz?».

«¿Por qué no se llama el reloj de la abuela?».

«¿Por qué tiene pinchos la rosaleda?».

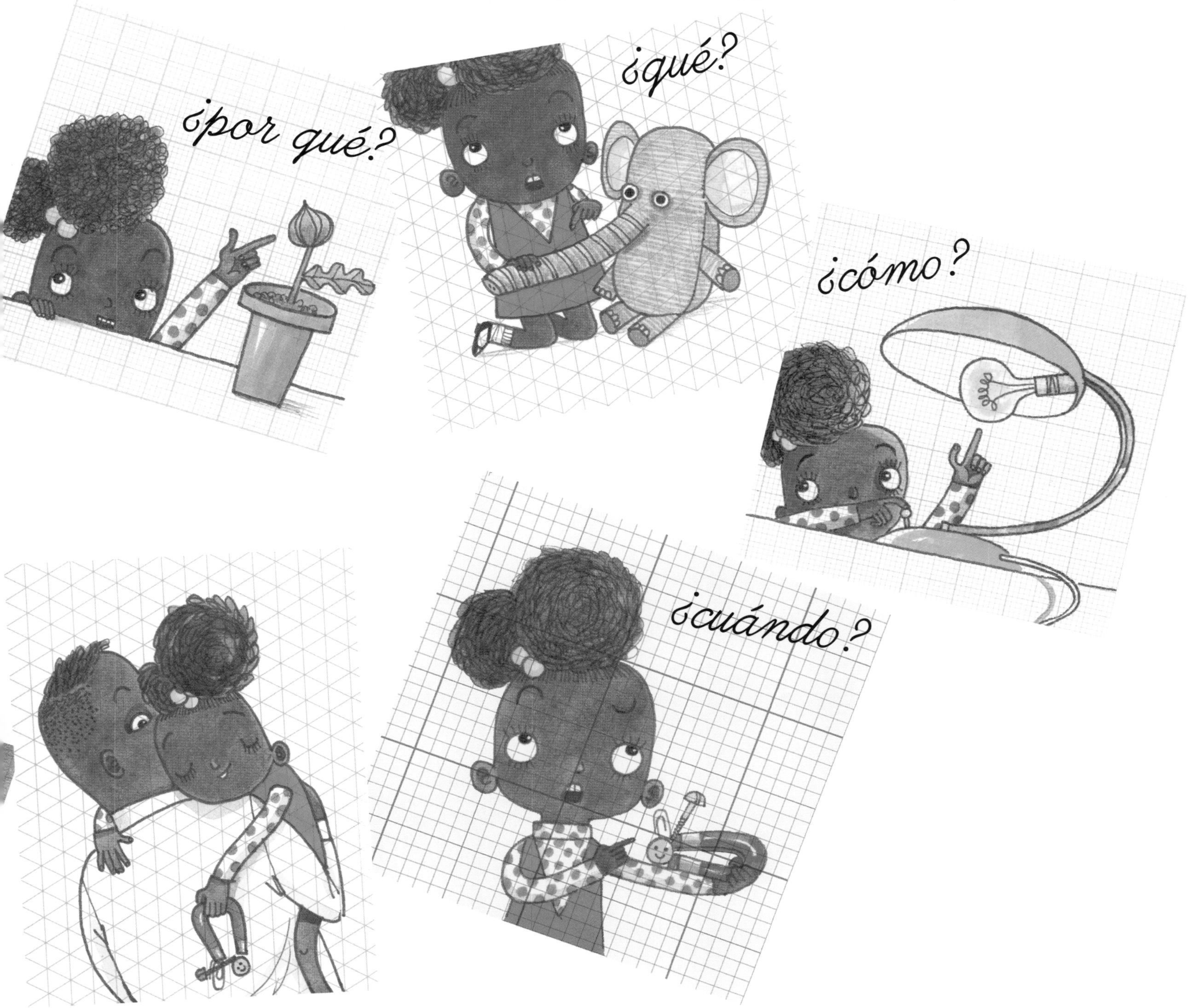
¿por qué?
¿qué?
¿cómo?
¿cuándo?

Empezó con *¿por qué?* y siguió con *¿cómo?, ¿qué?* y *¿cuándo?*
En la cama volvió a preguntar *¿por qué?* bostezando.
Sus padres la acostaron con una mirada risueña
por las curiosas preguntas de su curiosa pequeña
que quería saber cómo estaba hecho todo.
La besaron susurrando: «Ya lo descubrirás, tesoro».

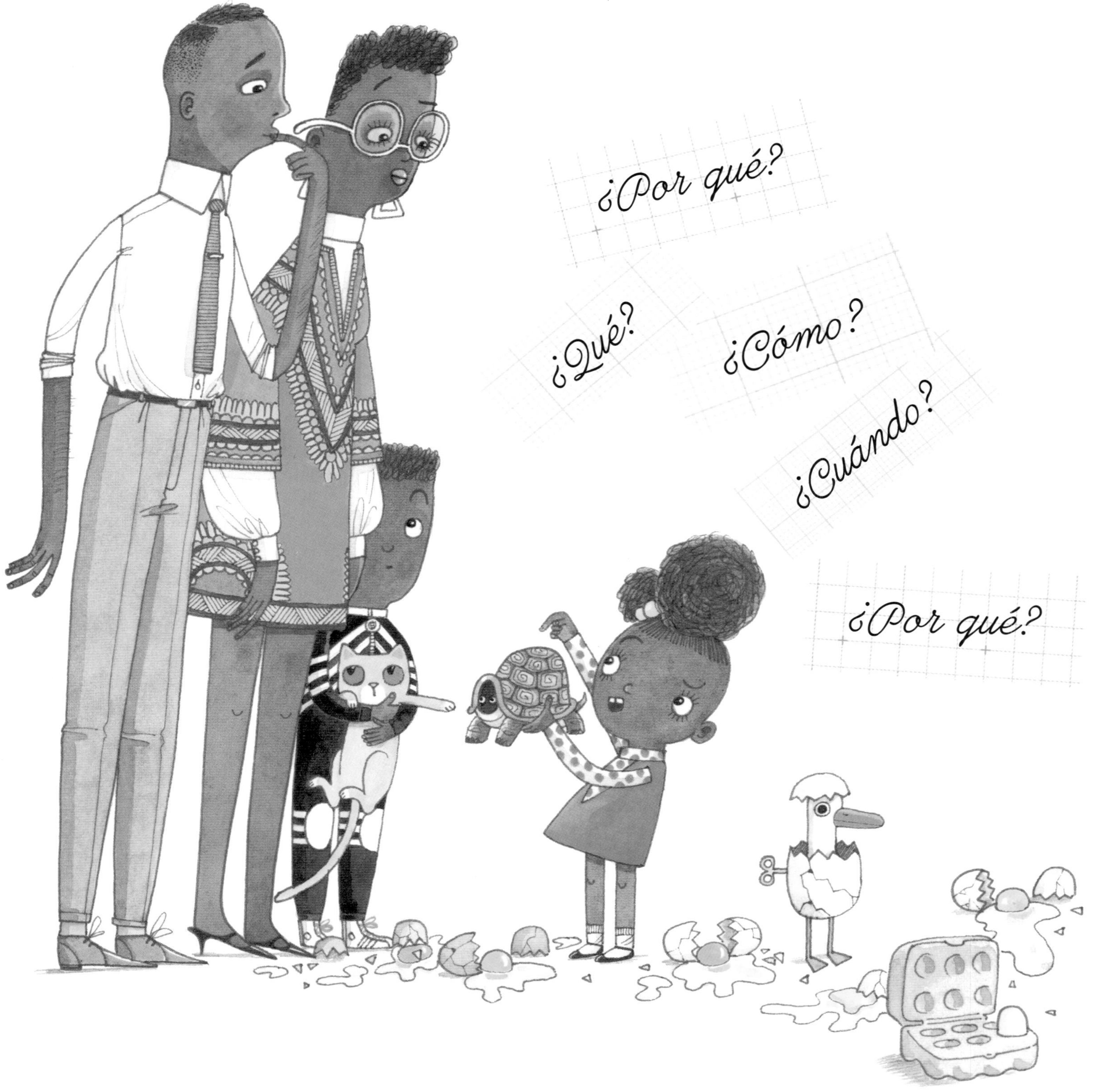
¿Por qué?
¿Qué?
¿Cómo?
¿Cuándo?
¿Por qué?

Aunque la niña volaba muy alto, los padres estaban a la altura,

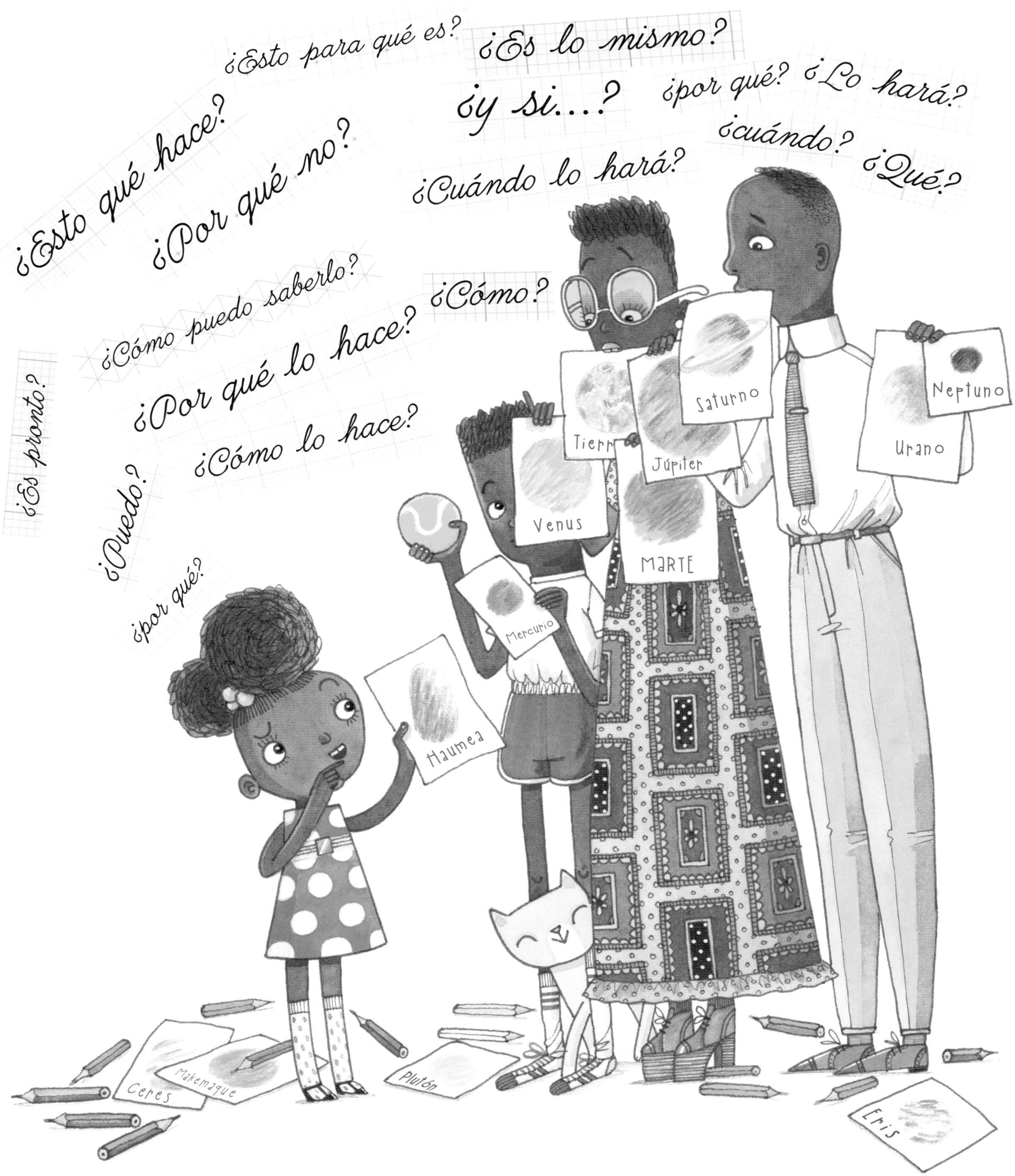
¿Esto para qué es?
¿Es lo mismo?
¿y si...?
¿por qué?
¿Lo hará?
¿Esto qué hace?
¿Por qué no?
¿cuándo?
¿Cuándo lo hará?
¿Qué?
¿Cómo puedo saberlo?
¿Cómo?
¿Por qué lo hace?
¿Es pronto?
¿Cómo lo hace?
¿Puedo?
¿por qué?
Saturno
Neptuno
Tierr
Júpiter
Urano
Venus
MARTE
Mercurio
Haumea
Ceres
Makemaque
Plutón
Eris

y las preguntas y enredos crecieron sin mesura.

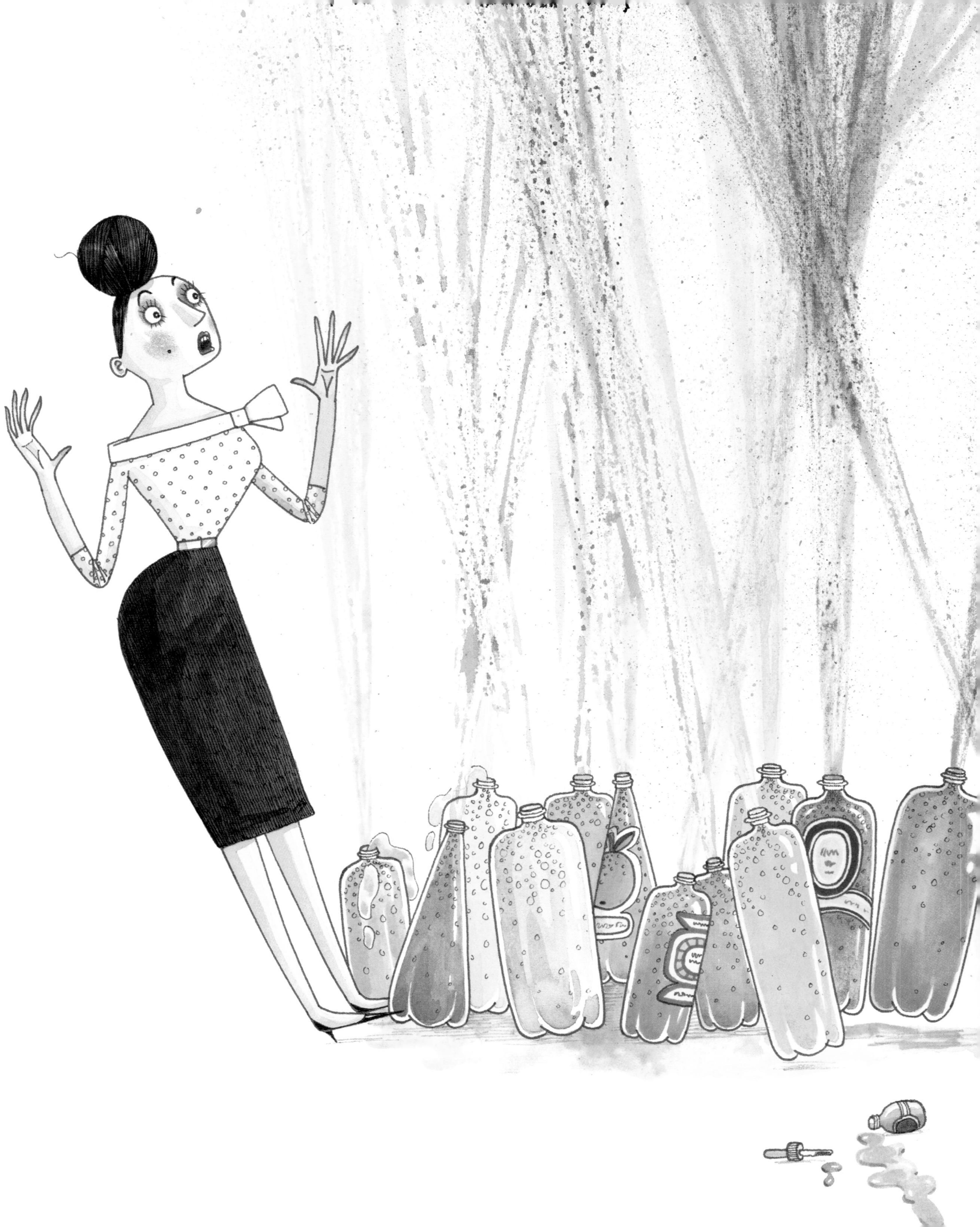

En clase, la señorita Greer no daba abasto
porque la joven Ada era un trasto.
Pero estaba claro que Ada Magnífica
tenía madera de gran científica.

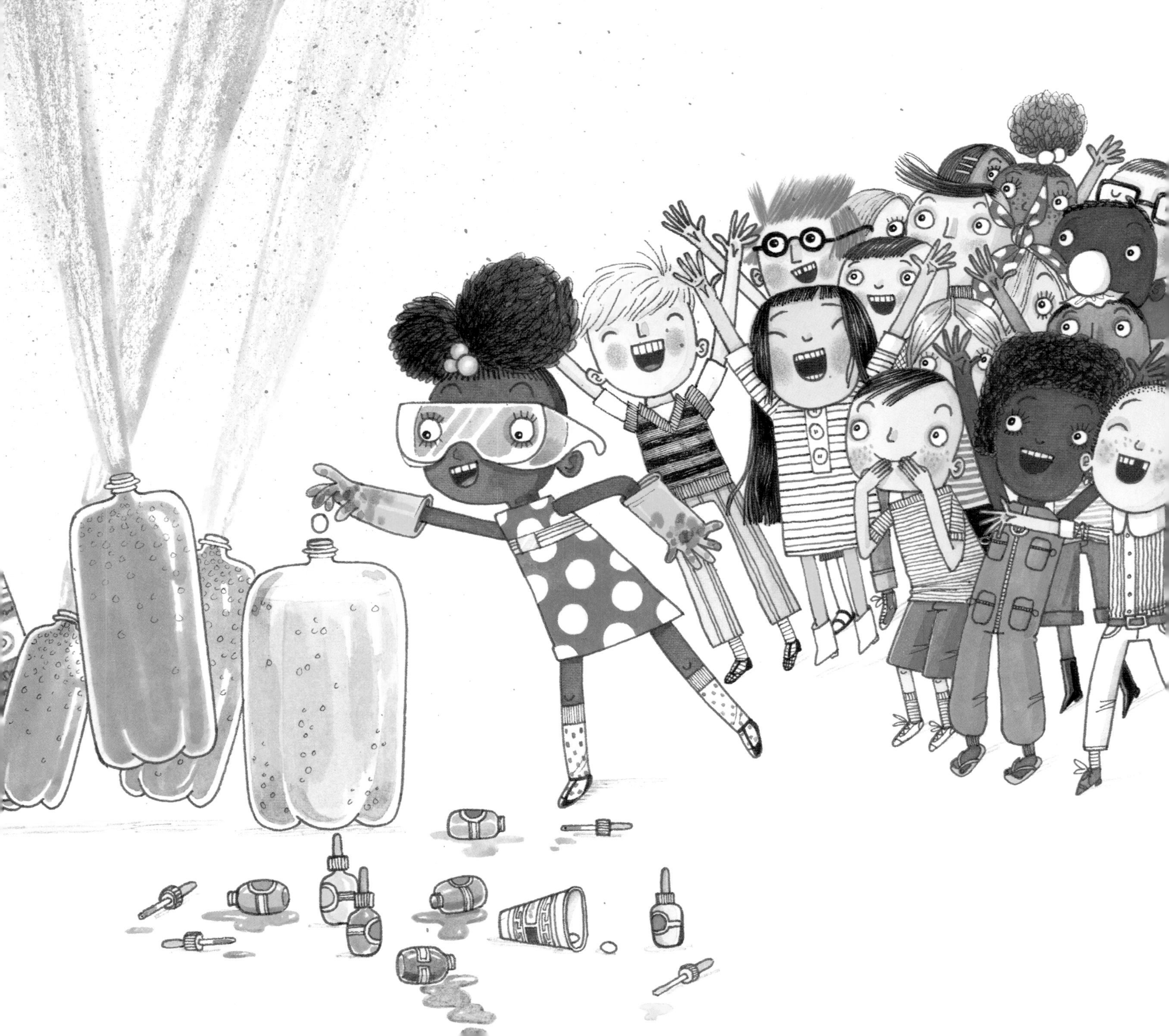

Un día de primavera Ada se dedicaba

a probar sonidos que el ruiseñor cantaba

cuando un espantoso tufo le torció el gesto,

un olor nauseabundo y descompuesto.

«Fiuuuu», silbó Ada, y enseguida se dijo:

«¿De dónde viene este olor, ahora que me fijo?

¿Cómo sabe la nariz que huele a podrido?

Si no tuviera nariz, ¿también lo habría sabido?».

Repasó todas las preguntas rascándose la barbilla,

y decidió empezar por el principio, la chiquilla.

¡Un misterio! ¡Un acertijo! ¡Un desafío! ¡Una misión!

Este era el mejor momento y lo disfrutaba un montón.

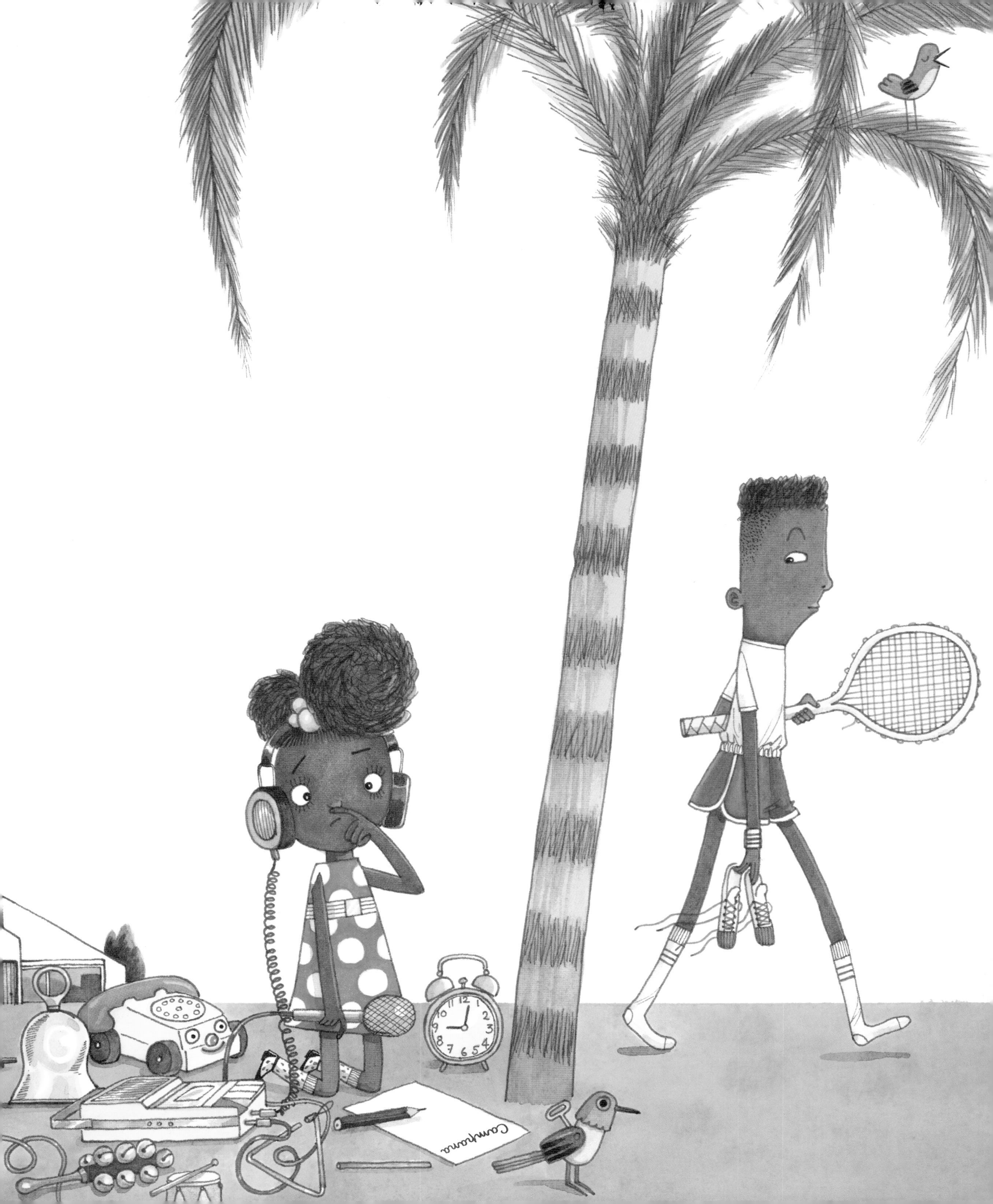
Campana

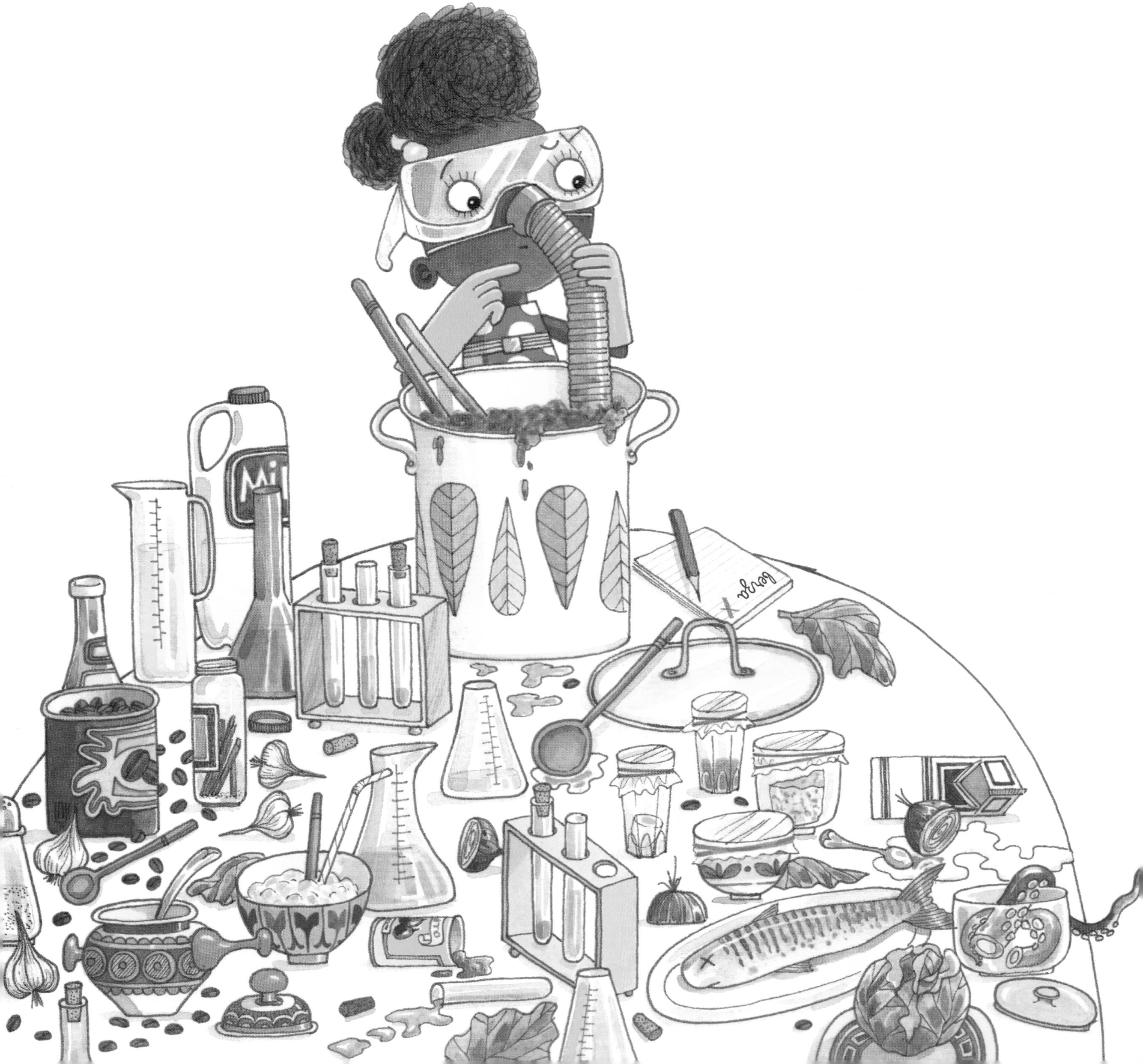

Ada investigó para aprender de los olores

todo lo que podía —de los buenos y los peores—.

La primera hipótesis tenía mucha fuerza:

El olor asqueroso venía de la berza.

Hizo pruebas y mediciones, pero les dijo adiós

y empezó a considerar la hipótesis números dos.

¡FIUUUU! ¡Otra vez ese olor, qué mal rato!

Segunda hipótesis: «Tiene que ser el gato».

El gato por sí solo no podía pegar ese cante.

Le hacía falta colonia y un perfume elegante.

Y la joven Ada probó. La prueba fue un espanto.

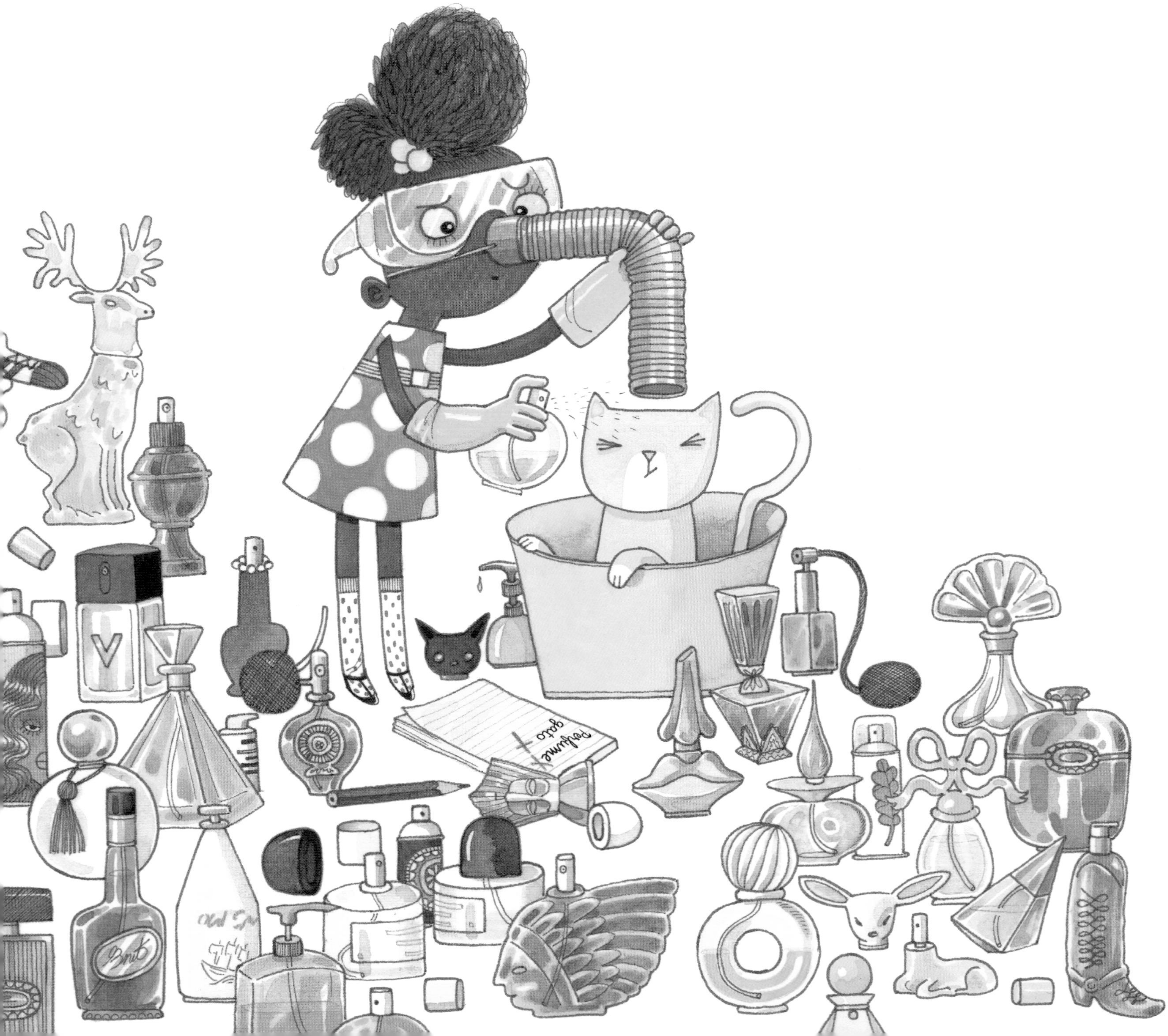
Perfume gato

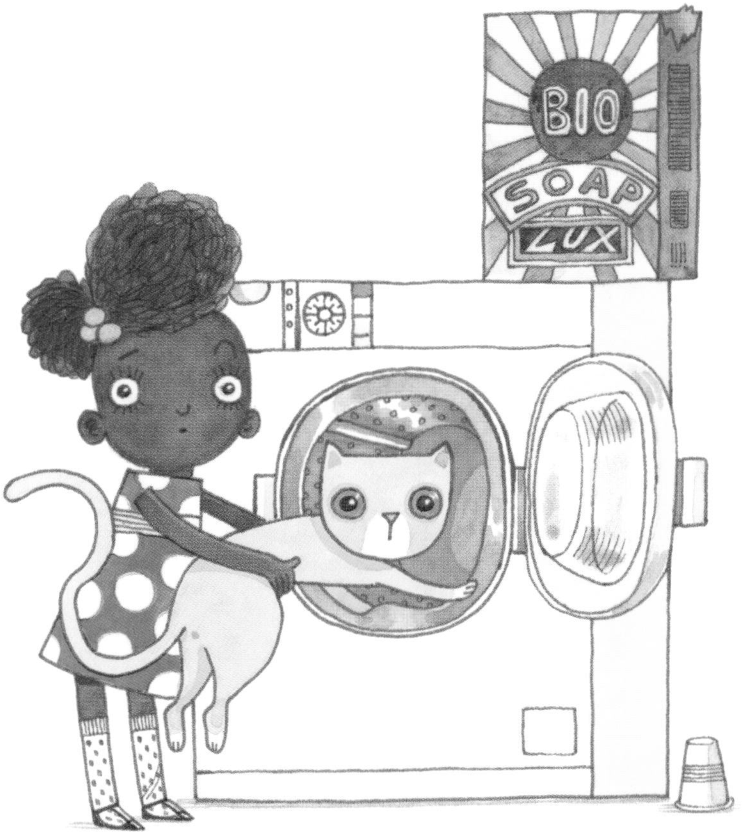
BIO
SOAP
LUX

Volvió a empezar, pero sus padres gritaron:

¡ALTO!

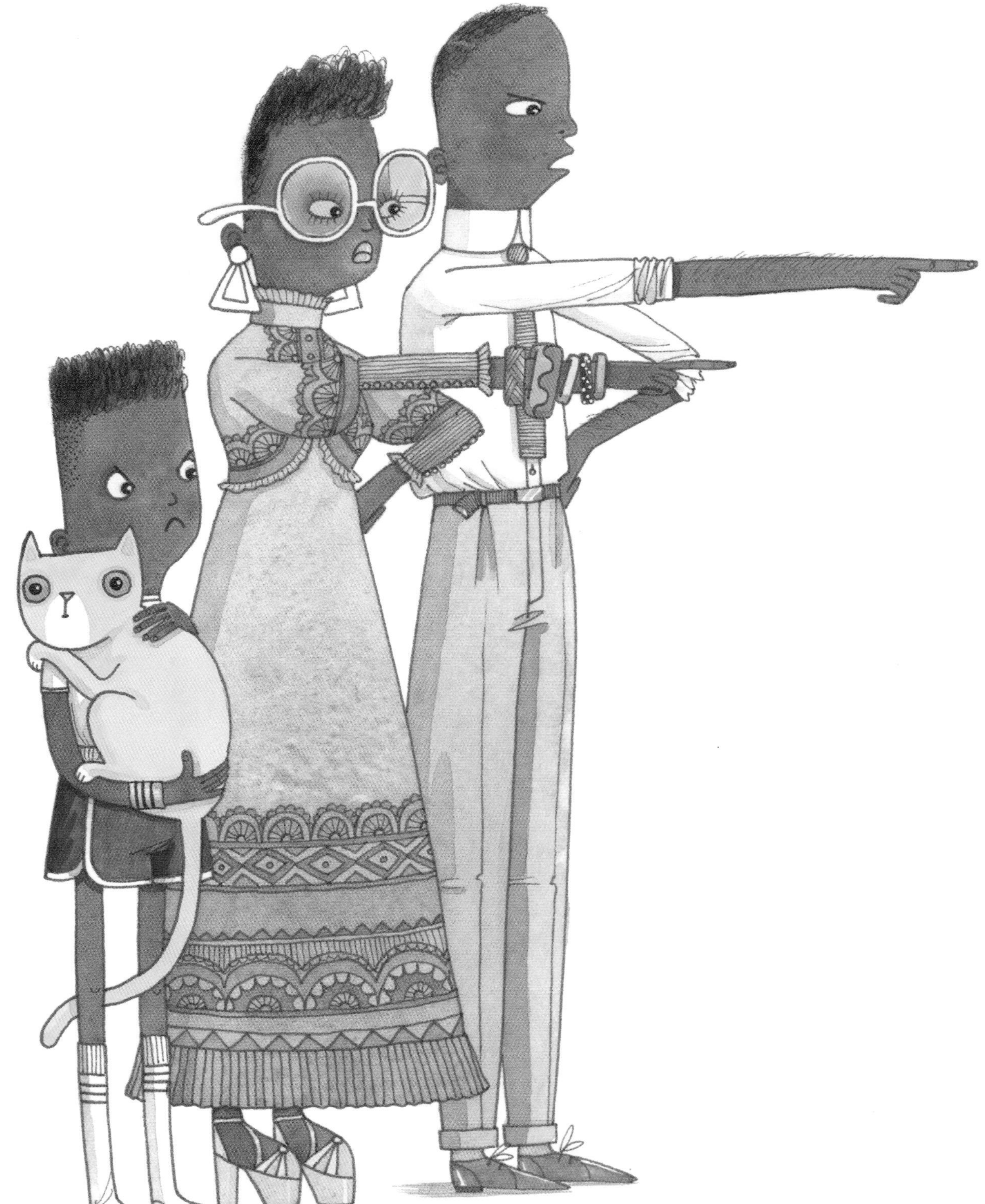

¡ADA MARIE! ¡ADA!

¡Al rincón de pensar! ¡Castigada!

Su madre dijo: «¡Se acabó!». Su padre dijo: «¡Es demasiado!».

Estaban decepcionados, agotados y enfadados.

«¿Por qué...?», preguntó Ada.

Y su madre: «¡PORQUE SÍ!».

«¿Qué...?», repitió Ada.

Y su padre: «¡HASTA AQUÍ!».

«¡Has arruinado la cena! ¡El gato huele que apesta!

Se acabaron las preguntas. ¡Siéntate ahí y PIENSA!».

Miró a los dos. El corazón se le empezó a encoger.

La pobre Ada no sabía qué hacer.

Se sentó en el rincón más sola que la una.

No sabía qué decir, no daba una.

Y Ada se sentó un rato

y otro rato

y otro rato

y pensó en la ciencia y en la berza y en el gato

y en los líos que montaba con sus experimentos.

«¿Será parte del proceso? ¿Es normal lo que siento?

¿Tan malos son los líos?» Y, ahora que se acordaba,

¿QUÉ sería ese espantoso olor que mareaba?

Ada Marie siguió el método científico:

De una pregunta, salieron tres y pico.

Y cada una de ellas le llevó a otras tantas,

y esas a otras más, que acabaron en no sé cuántas.

Mientras seguía pensando, se puso a indagar.

Con la mano en la barbilla garabateó sin cesar.

Empezó con *¿por qué?* y siguió con *¿cómo?*, *¿qué?* y *¿cuándo?*

En el pasillo volvió a preguntar *¿por qué?* dibujando.

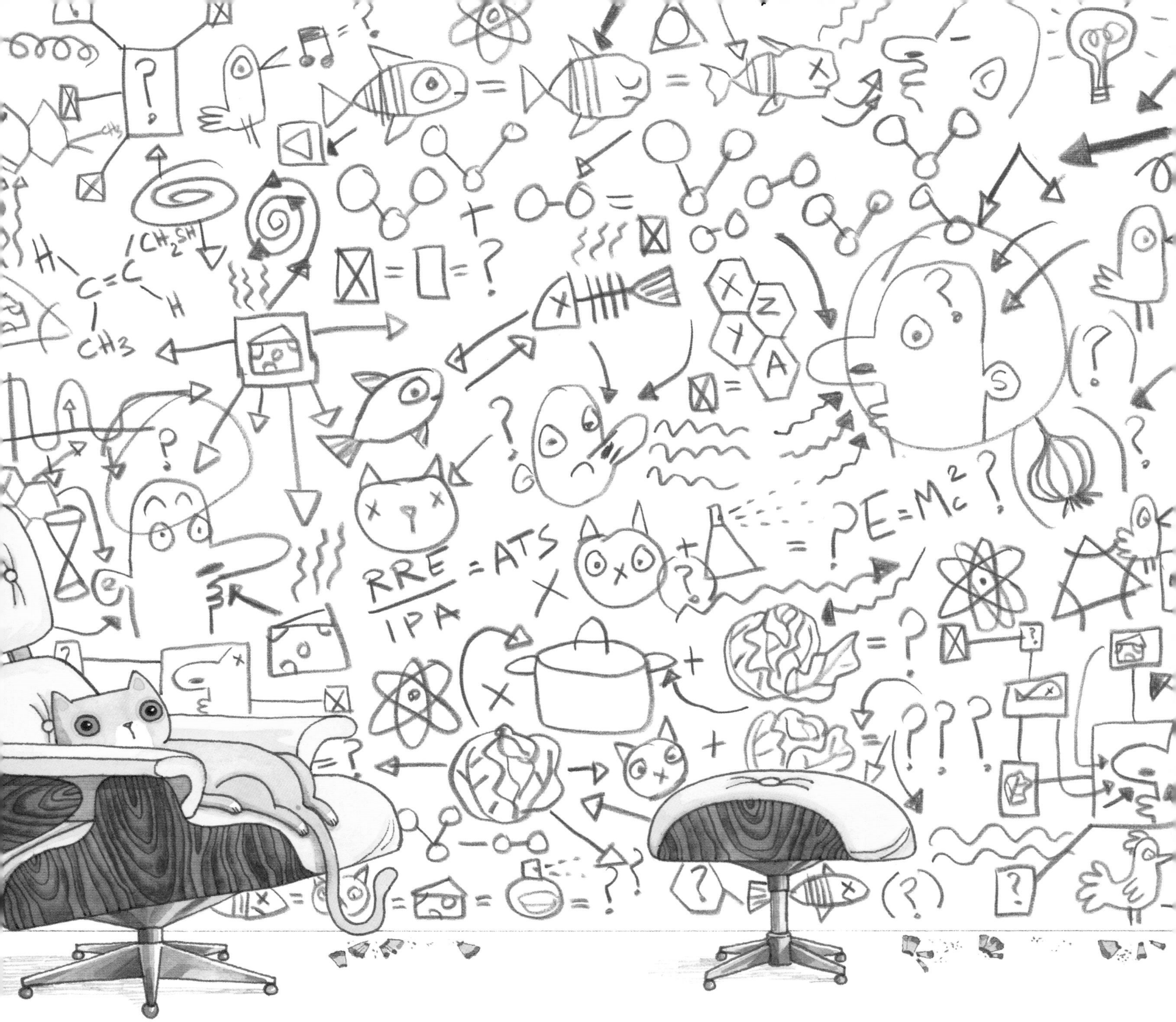
RRE
IPA
= ATS
E=M

Cuando sus padres se calmaron, abrieron la puerta.

Al ver el pasillo, se quedaron con la boca abierta.

Ada lo había pintarrajeado a conciencia.

El rincón de pensar era ahora el muro de la ciencia.

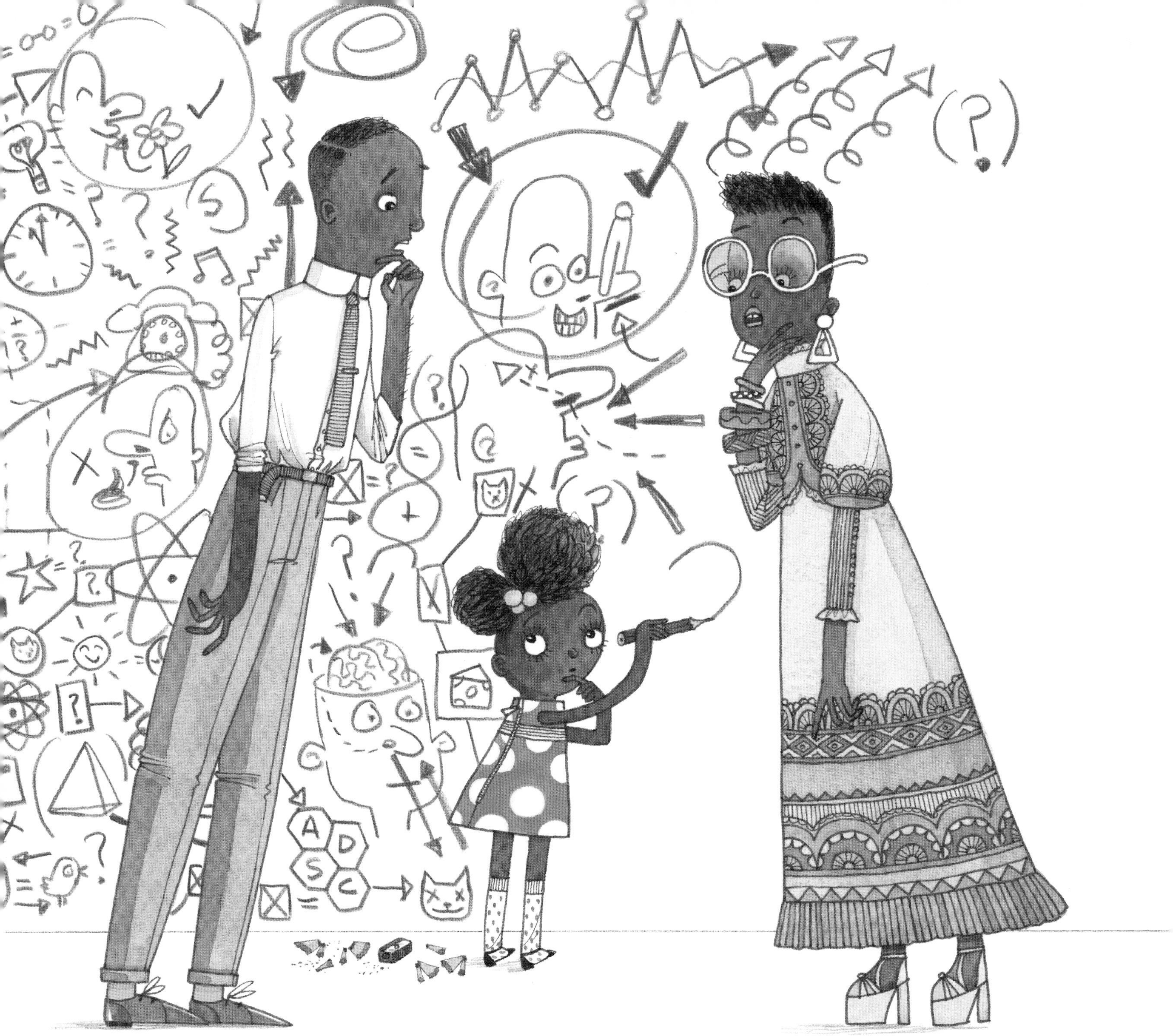
A
D
S
C

Miraron a su hija y suspiraron con resignación.

Quería entender el mundo usando la imaginación,

¿qué iban a hacer ellos con su curiosa pequeña?

Susurraron: «Ya lo descubriremos» con una sonrisa risueña.

Y eso es lo que hicieron, porque no hay otra manera

cuando una hija siente una pasión verdadera.

Toda la familia se empeñó con tesón

en ayudarle a distinguir la realidad de la ficción.

Ada lo pregunta todo. ¿Cómo decirlo con franqueza?

Es una joven científica y está en su naturaleza.

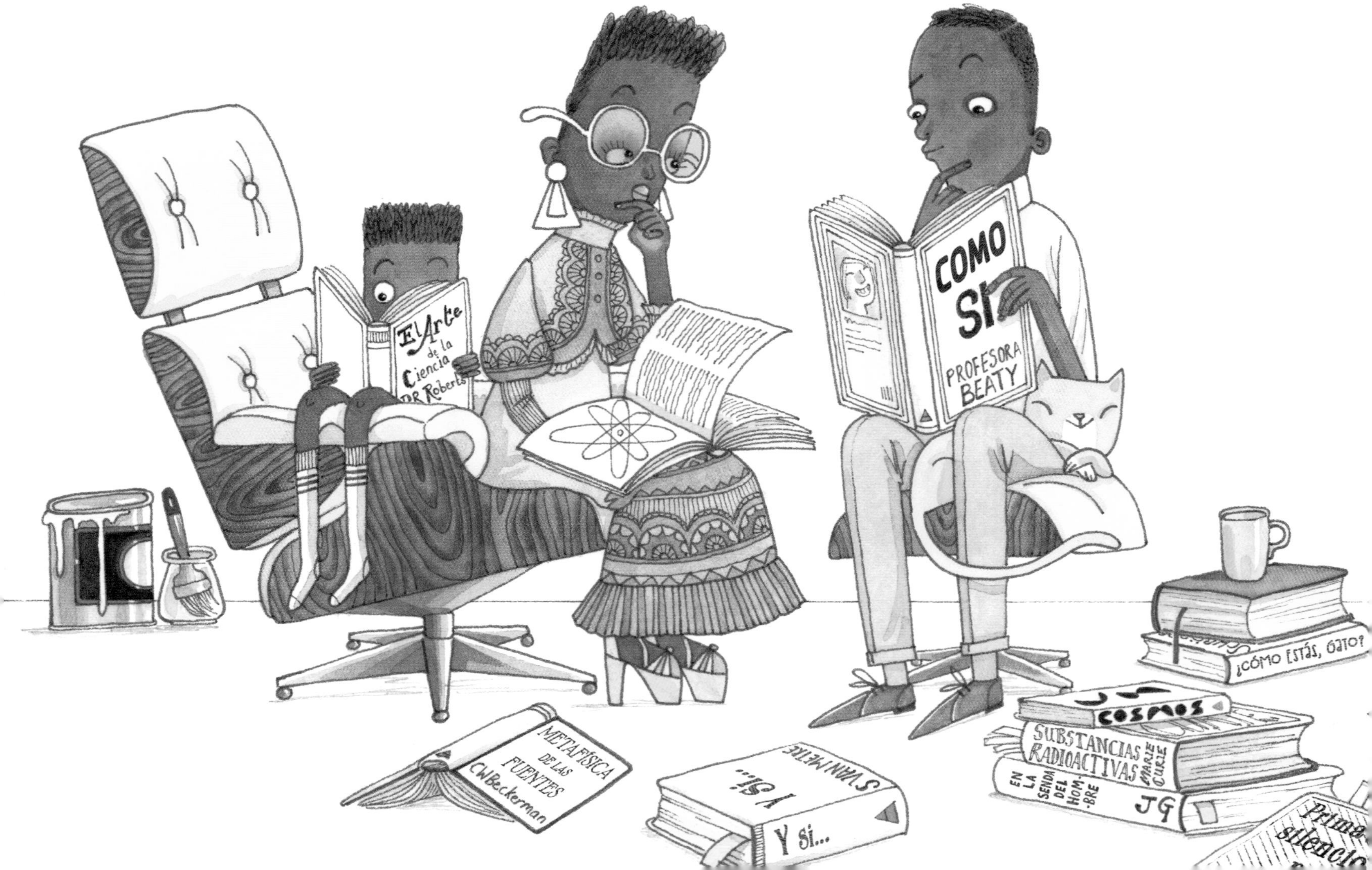

El Arte de la Ciencia DR Roberts
COMO SI
PROFESORA BEATY
¿CÓMO ESTÁS, GATO?
COSMOS
SUBSTANCIAS RADIOACTIVAS
MARIE CURIE
EN LA SENDA DEL HOMBRE
JG
METAFÍSICA DE LAS FUENTES
CWBeckerman
Y SÍ...
Y si...

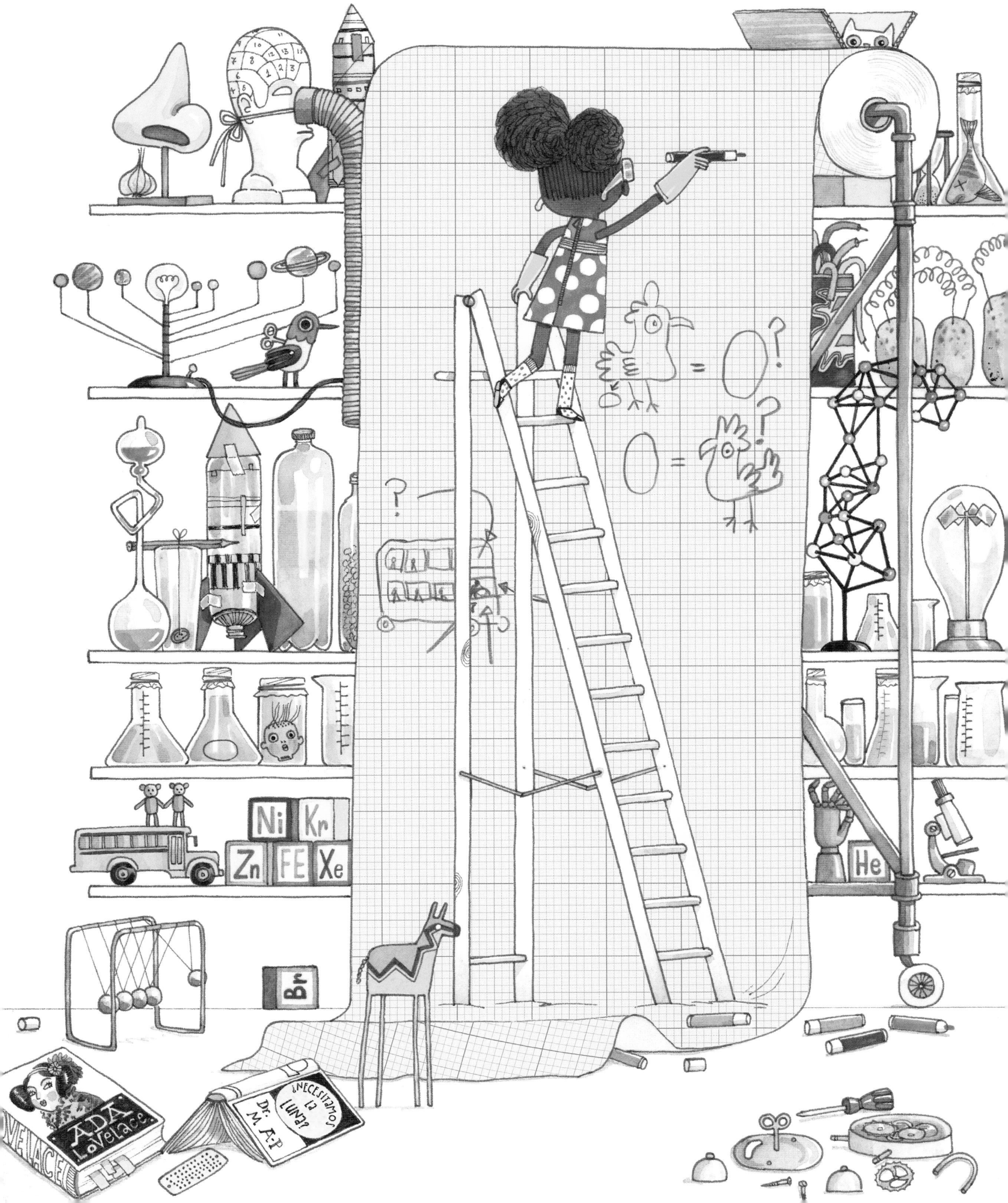
Ni
Kr
Zn
FE
Xe
He
Br
ADA LoVelace
¿NECESITAMOS LA LUNA?
Dr. M. A-P

¿Y el mal olor? Ada lo estudiará con sus amigos de segundo.

¿Descubrirán de dónde viene ese olor nauseabundo?

Bueno, he ahí la pregunta.

Y algún día, tal vez...

¿Quién sabe? Lo resuelvan de una vez.

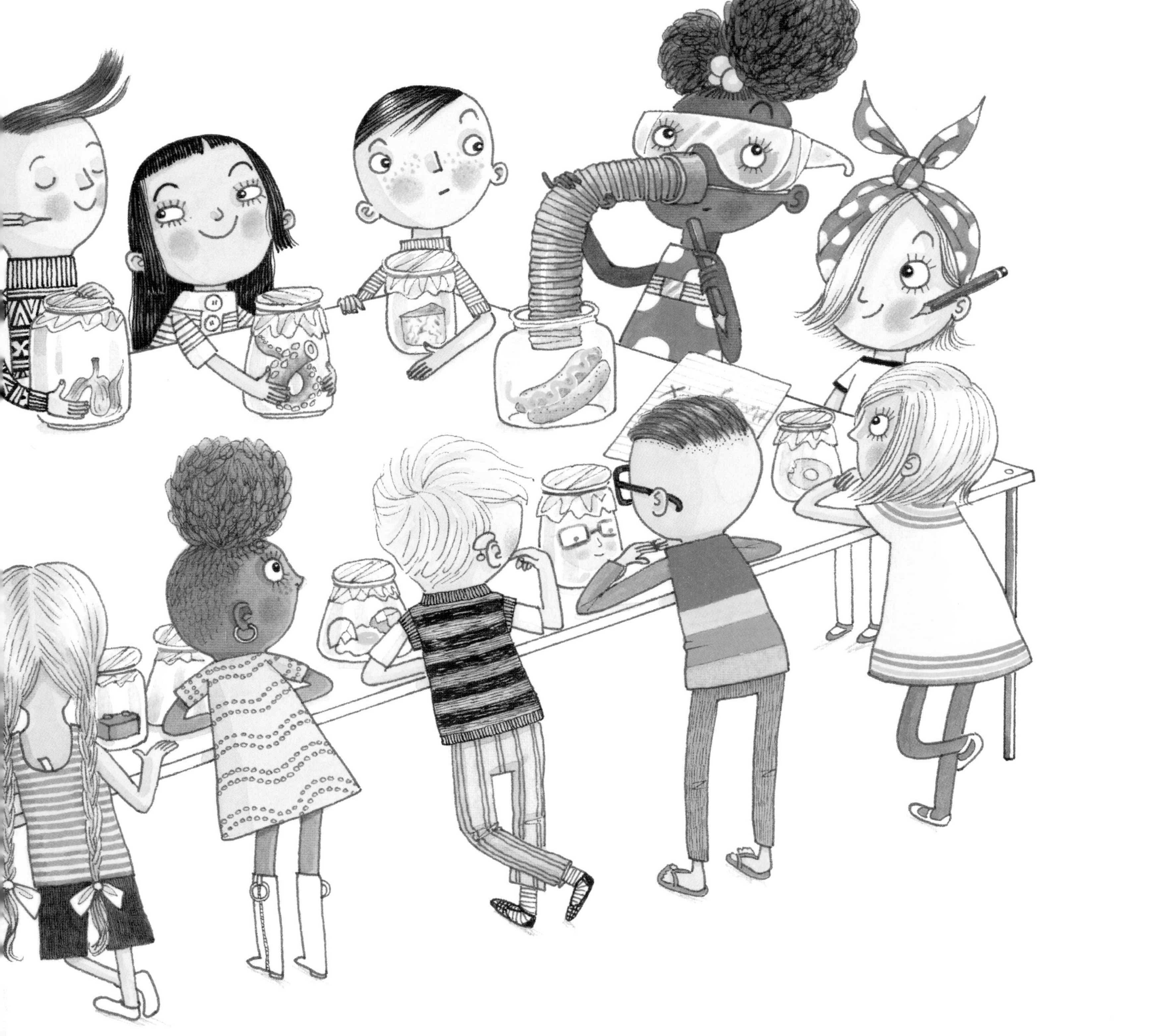

El libro de Edward

A. B.

Para mi sobrino Joel

D. R.

NOTA DE LA AUTORA

Ha habido mujeres científicas desde que existe la ciencia.
Han tratado de buscar respuesta a los grandes secretos del universo. La tierra y las estrellas.
Estalactitas y caballitos de mar. Glaciares y gravedad. Cerebros y agujeros negros. A todo.

Ada Marie Magnífica lleva el nombre de dos mujeres
cuya curiosidad y pasión las condujo a grandes descubrimientos.
Marie Curie descubrió dos nuevos elementos, el polonio y el radio,
y la invención de los rayos-X se debe a su trabajo.
Ada Lovelace fue matemática y la primera programadora de la historia.

OTROS LIBROS EN ESTA COLECCIÓN

Andrea Beaty
Ilustraciones de David Roberts
PEDRO PERFECTO, ARQUITECTO
Beascoa

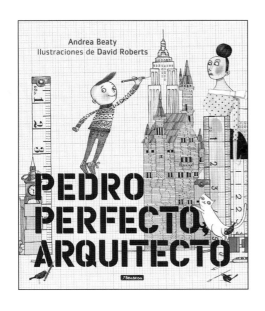

PEDRO PERFECTO, ARQUITECTO

Pedro es un constructor nato. Desde los dos años ha levantado torres con sus pañales, iglesias con las frutas y esfinges en el jardín de su casa. Lástima que algunas personas no valoren su talento. Hasta que un día, las cosas se complican durante una salida escolar.

Andrea Beaty
Ilustraciones de David Roberts
ROSA PIONERA, INGENIERA
Beascoa

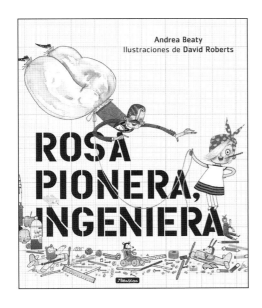

ROSA PIONERA, INGENIERA

Rosa sueña con ser una gran ingeniera. Donde los demás ven basura, ella ve cachivaches que le servirán para crear nuevos artilugios. Pero por miedo al fracaso esconde sus creaciones debajo de la cama.

¿Podrá Rosa dejar atrás sus miedos y reírse de sus errores?

UNA COLECCIÓN QUE CELEBRA LA CREATIVIDAD, LA PERSEVERANCIA Y LA CURIOSIDAD CIENTÍFICA.

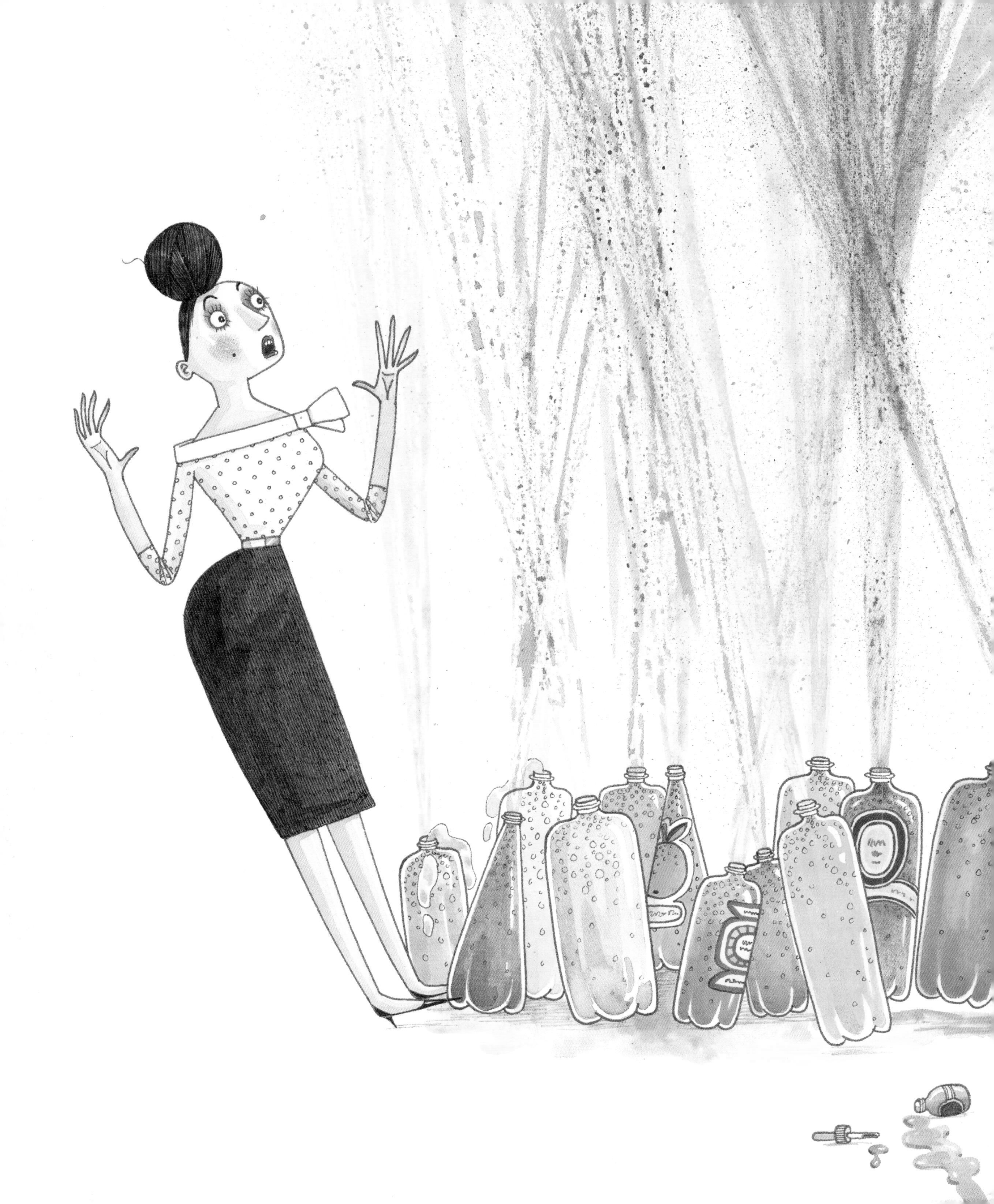